Walter Vergaro

EXAL

..Non avere paura di spingerti oltre…

Titolo | Exal
Autore | Walter Vergaro
ISBN | 978-88-27850-34-3

Youcanprint *Self-Publishing*
Via Marco Biagi 6 - 73100 Lecce
www.youcanprint.it
info@youcanprint.it

''Scrivere questo libro è stato molto bello, la sua breve durata è anche per facilitare la lettura ai più piccoli, spero che possa incoraggiarli a credere sempre in se stessi, anche quando la vita presenta delle avversità nulla è perduto … credete in voi e ripetete… io ce la posso fare … ricordatevi mai dire mai il futuro è vostro costruitevelo bene e non abbiate paura di affrontare le avversità ''

In un Castello, nell'anno 1300 circa viveva un RE di nome Arold della casata degli Anister ed una Regina chiamata Victoria della casa Versus, entrambi regnavano con saggezza e amore verso il popolo di Barol, un regno Meraviglioso circondato da una natura incontaminata, dove trovavano rifugio specie di animali mai viste riparate dal calore della foresta.

Durante il giorno il regno era illuminato da una luce quasi magica che faceva risplendere fiumi e ruscelli, le guerre erano scomparse e la vita dominava le vallate. La gente del posto lavorava e non vi erano tasse, ma bensì, una forma di donazione volontaria verso i sovrani da parte dei cittadini che garantiva sostentamento ai poveri. Infatti Il regno essendo già benestante investiva i propri averi in diversi ambiti, la coltivazione, la costruzione di attrezzi da lavoro, l'insegnamento dell'arte della spada ed altre attività redditizie riuscendo così a fronteggiare le spese costanti.

La corona era circondata da valorosi cavalieri uno di essi era Sir. Nick il grande, fedele al suo sovrano che lo aveva sempre accompagnato in ogni battaglia. Il Re gli fece sposare sua cugina e concesse ai due il ritiro verso un castello in zona collinare per una vita familiare e tranquilla.

I Sovrani pur amati e rispettati da tutti, non erano felici, gli mancava l'unica cosa al mondo che potesse colmare quel senso di vuoto nel cuore, un'erede, che pur se tanto atteso tardava ad arrivare oramai da molti anni.

La Regina Victoria era sempre molto triste, rimaneva chiusa nelle sue stanze anche nei giorni di festa ed il Re ne era molto preoccupato.

Così un giorno, suggerito dal suo supremo consigliere Fargal, decise di recarsi da una famosa Maga che abitava nella foresta vicina, detta incantata per via degli strani avvenimenti che vi erano stati negli anni passati. La Maga Roxana viveva sola in una Torretta costruita tra la vegetazione circostante, adiacente alla grande quercia secolare, come se volesse stare lontana e al riparo dalla civiltà e dalla vita caotica che era solita tra le mura del Castello.

Si narra che Ella studiò le arti magiche da un vecchio Mago di nome Merlino che visse molti anni prima, ai tempi del grande Re Artù nella città di Camelot. Quì in una Torretta nel cuore della foresta, come a prendersene cura, la giovane mise in pratica i suoi studi supervisionata dal grande Merlino che la accompagnò fino ai suoi ultimi respiri.

Divenuta Maga, Roxana per tutta la vita rimase provata dalla perdita del suo più grande amore un certo Sir Thomas Taggarian, ai tempi un valoroso condottiero che misteriosamente sparì senza lasciar traccia.

Era una persona chiusa con l'esterno ma amante degli animali, soprattutto amava tenere con se diversi tipi di volatili che per la loro numerosità affollavano le verdi chiome degli alberi circostanti, specie diverse, pappagalli, colombi, passerotti, venuti chissà da quali posti lontani e non mancavano anche alcuni falchi viaggiatori che usava per mandare messaggi a chi sa chi.

Ma questa si pensi sia solo una leggenda, poichè nessuno sa quanti anni abbia la Maga o quale sortilegio la circonda, ancora oggi gli anziani dei villaggi la ricordano allora come adesso, molto anziana ma ancora in vita.

Quando la Maga vide arrivare il Re disse '' Oh mio Re cosa vi porta a farmi visita ora dopo tanti soli dalla vostra nascita? '' ed il Re rispose'' Grande Maga sono qui da voi non come Re ma come una persona umile affranta dal dolore, non so se le dicerie nei vostri confronti sono vere ma io avrei bisogno di un miracolo, che renda me e la mia Regina felice, un erede è quello che manca a questo Regno ma soprattutto quello che manca a noi''. La Maga disse'' Posso aiutarla.. ma queste sono cose particolari ed una volta che si va avanti non si può tornare più indietro, la magia rende gli uomini felici ma ciechi di fronte all'evidenza, felici davanti l'amore e impotenti davanti al fato, ricordate.. La magia anche quella a fin di bene, ha sempre un pegno da pagare, quindi ascoltate bene queste parole: la vostra vita sarà breve ma intensa, mentre l'erede vagherà per l'eternità''.

Il Re andò via pensando e ripensando alle parole pronunciate dalla Maga, e dopo alcuni giorni confrontatosi con la Regina, oramai consumata dal dolore decise di mandare un messaggero alla Maga per accettare la pozione magica, pur sentendo in cuor suo un forte dolore da quelle parole pronunciate che riecheggiavano come una maledizione, ma tanta era la voglia di quel figlio che lo resero cieco di fronte alla realtà.

Così la Regina bevette sù di un fiato la pozione che il messaggero riportò al reame, preparata dalla Maga Roxana. I giorni passavano e i benefici tardavano ad arrivare fino a quando.. Dopo dieci mesi lunari come promesso nacque Exal erede al trono di Barol.

Il bebè cresceva forte e vigoroso, fino a divenire un ragazzone che per il suo carattere socievole e dall'animo umile era rispettato e ben visto da tutti, seguiva i consigli dei genitori amava fare lunghe passeggiate a cavallo e parlare di politica del Regno con i consiglieri più anziani, ascoltava il popolo e i suoi sudditi era degno di essere il futuro RE.

Veniva preparato nelle arti della guerra, addestrato giorno dopo giorno da Sir Nick il grande, unico valoroso rimasto tra i pochi vivi, che poteva insegnare le tecniche di combattimento e i segreti della vita, oltre a trasmettere la propria esperienza al giovane, raccontava le grandi gesta passate del RE e le avventure trascorse insieme.

La spada divenne la sua arte prediletta, gli fu affiancato un giovine scudiero suo coetaneo di nome Semola che lo accompagnava in qualunque impresa e divennero grandi amici. Ben presto il ragazzo fu pronto ed il tempo non tardò a farlo diventare un uomo, alto e forte con i capelli ed occhi Neri come la notte, la sua stazza era superiore alla norma, poco assomigliava fisicamente al Re, ma nel viso rispecchiava tutto il suo essere.

 Aveva un'amata fanciulla graziosa e molto bella di nome Giuly, con dei lunghi capelli Biondi e una pelle vellutata, era la figlia di un consigliere del Re, i due passavano molto tempo insieme e il loro amore cresceva forte e puro.

Ma purtroppo Il principe Exal ebbe si una vita intensa piena di avventure e vittorie valorose, ma breve per via di una brutta febbre contratta che lo portò via dalla sua amata e dall'affetto dei suoi genitori.

Il profondo dolore scaturito dalla perdita del figlio portò i sovrani ad una vita cupa e sofferta, il Re si recò più volte dalla Maga ma senza risultato Ella era scomparsa nel nulla nessuno l'aveva più vista neanche al grande mercato, dove era solita recarsi per fare la spesa.

Da quel momento il regno cominciò a perdere lo smalto di un tempo poiché il Re e la Regina persero il lume della ragione e solo grazie alla collaborazione dei più stretti amici del Re, in particolare di sir. Nick il grande che pur soffrendo per la perdita di quel ragazzotto che aveva addestrato e seguito come fosse suo figlio, rimase vicino alla famiglia reale, aiutando e spronando il sovrano che con la perdita del suo unico figlio aveva perso il lume della ragione.

Giuly la fidanzata di Exal, non si sposò mai, venne nominata Contessa di corte e fu per tutta la vita la consigliera della Regina.

Il Castello con il passare del tempo perse gli stemmi reali e venne venduto o ceduto da un proprietario all'altro, fino a divenire verso i giorni nostri proprietà di un convento di suore, con i suoi 10.000 ettari di terra era come un piccolo paese, su donazione di un'anziana duchessa, che non potendo far fronte alle spese di ristrutturazione lo lasciò in un totale stato di abbandono.

Ma che proprio abbandonato non era, infatti l'unico a restare in quella casa con il passare degli anni era lo spirito di Exal rimasto intrappolato per via dell'incantesimo fatto dalla Maga.

Exal pur scomparso giovane era valoroso e coraggioso come i suoi antenati, infatti il castello era pieno di dipinti che lo raffiguravano in situazioni eroiche e la notte sentendosi molto solo si soffermava a osservarli, lo facevano volare a quei momenti di gloria rivivendo le emozioni di quelle scene.

Purtroppo pur vedendo i quadri oramai penzolanti nei corridoi del Castello nulla avrebbe potuto fargli riabbracciare i suoi cari, che aveva amato tanto e che ancora oggi amava, il suo pensiero era spesso rivolto anche alla sua dolce Giuly che vedeva abitualmente solo nel dipinto dove era raffigurata insieme alla Regina sua madre.

Il suo cuore era sofferente e non riusciva a spiegare il destino che lo attendeva tanto cruento e noioso ad aspettare di scontare chissà cosa, ma ben presto qualcosa sarebbe cambiato, nessuno si sarebbe aspettato che un giorno il fato avrebbe fatto incontrare sul proprio cammino due persone una utile all'altra, come del resto spesso accade, infatti quel giorno un ragazzo di nome Victor rimasto orfano e che viveva in un istituto dove si sentiva solo e speranzoso di essere adottato, camminava in una mattina come le altre uscendo da scuola, camminava per il viale che portava alla vecchia tenuta del castello, inseguito da due bulli della scuola, ragazzacci che con la prepotenza intimorivano l'animo altrui.

Arrivati in fondo alla strada proprio davanti il castello, i due bulli iniziarono a dar fastidio a Victor che impaurito soccombeva gridando: ''aiuto aiuto'' ad un tratto i due cominciarono a picchiarlo e il poveretto cadde a terra, quel lamento sofferto arrivò a Exal che era vicino alla finestra assorto dai pensieri, subito affacciandosi capì la situazione e con destrezza coperto da un lungo mantello saltò giù dalla torretta, arrivato vicino alla scena gridò ''maledetti non vi vergognate, picchiare un ragazzo, per giunta in due, vostra madre non vi ha insegnato le buone maniere è una cosa da bestie che non meritano alcun rispetto altrui'' e colpì con il fodero della spada, nelle natiche, i due prepotenti, facendoli balzare a terra, questi subito scapparono a gambe levate senza neanche voltarsi.

Exal ''ecco questi sono i piccoli uomini che scappano dalle loro mamme'' Poi girandosi verso il ragazzo disse'' stai bene? non so cosa insegnano ora, Gli uomini sono ben altro, quelli erano due vigliacchi senza spina dorsale, un vero uomo non ha bisogno di ricorrere alle mani ma comunica parlando, facendo capire le cose, la parola è più pungente di un'arma e importante quanto la forza, se poi non si riesce a trattare con persone normali, beh allora in quel caso si ricorre ad un duello, uno ad uno, con la spada e ci sono regole ben precise da uomini non da pecore, anzi sarebbe un'insulto per le pecore che danno materie preziose all'uomo bah.. Ma stai bene? '' Poi si rigirò verso Il ragazzo e vide che era svenuto dal forte dolore provocato ed Exal lo portò nel proprio Castello, lo mise nella sua camera e gli fece bere una tisana, quando ancora non era in grado di capire cosa era successo e dove si trovava.

In seguito ad una febbre alta sopraggiunta per il trauma riportato dormì tutta la notte. Exal chiuse la finestra per farlo riposare ed applicò intorno alle ferite del ragazzo un unguento miracoloso, che ricordava dagli insegnamenti del vecchio infermiere di corte Ivan, un signore molto buono e generoso disposto ad aiutare sempre le persone in difficoltà, specializzato nel realizzare unguenti miracolosi estratti da piante e radici dell'epoca.

Il mattino seguente Victor si svegliò e aprendo gli occhi si trovò in un ambiente che poco ricordava quello dell'orfanotrofio dove era oramai casa sua, era molto più comodo in quel bel lettone dalle coperte vellutate che faceva fatica ad alzarsi, malgrado stesse meglio, in seguito incuriosito si alzò e cominciò ad osservare le pareti della stanza che erano completamente ricoperte di stoffe pregiate scurite dal tempo ma che facevano ancora oggi osservare i vari disegni che le rendevano uniche.

Il pavimento che era completamente di legno scricchiolava al solo passaggio, ma rendeva la maestosità del gran lavoro fatto nel montarlo, le lunghe tende d'arredo alle finestre gli misero un po' di inquietudine, quindi cominciò a scendere le scale per arrivare al piano di sotto, dove vi era un' immenso salone, con armi in ferro lavorate a mano che malgrado gli anni passati mantenevano il loro fascino d'artigianato, erano enormi sale che portavano ad un passato glorioso fatto di personaggi meravigliosi che riecheggiavano nel castello attraverso dei quadri immortali illuminati di saggezza e maestria.

Victor cercò di capire dove si trovasse cominciò ad aprire le porte delle varie stanze fino a quando dietro ad una di esse fatta di legno di faggio lavorato trovò Exal.

I due si trovarono faccia a faccia per la prima volta e il ragazzo pur avendo paura non si mosse di un soffio, ma rimase a osservare quella forma che aveva davanti fatta di una luce fioca che poco dava fastidio agli occhi e che allo stesso tempo delineava bene le forme del corpo in origine, lasciando vedere un'armatura leggera e tondeggiante che copriva il corpo, forse da cerimonia, era alto e di corporatura massiccia, il suo viso aveva dei capelli lunghi ed un pizzetto delineato e curato come se fosse appena uscito dal barbiere sotto casa.

A quel punto Victor dopo qualche secondo impiegato nell'osservazione, spinto dalla curiosità verso quella persona con il mantello, fece un passo in avanti entrò e disse: ''sei tu che sei venuto in mio aiuto? Scusami ma non ricordo molto bene, ma... cosa sei... sto sognando forse?

Exal rispose ''ciao, si ti ho salvato da quei bulli codardi, perdona il mio aspetto è molto che il mio corpo non è presente su questa terra, io oramai ne sono abituato, ma credo che io sia un fantasma, tranquillo non sono cattivo ma solo un'anima intrappolata in un castello per chissà quale motivo, avrei voluto ridere, scherzare, parlare, giocare ancora con i miei cari, la mia amata e i miei amici ma tutto questo un giorno svanì come un buio infinito e dopo tanto aprendo gli occhi mi trovai qui dentro dove sono nato ma stavolta solo e senza nessuno, dopo tanto ho saputo darmi pace e capire che non mi trovavo più nel mondo che mi apparteneva e che il tempo andava sempre avanti e li fuori qualcosa non funzionava più.''

Victor ''Non so se credere o pensare di sognare'' si diede un pizzicotto e disse'' ma credo sia tutto vero, comunque ti ringrazio per quello che hai fatto, senza il tuo aiuto non so cosa sarebbe successo, purtroppo a scuola mi prendono spesso di mira solamente perché mi piace stare per conto mio alcune volte''

Exal ''beh ricorda che una persona forte non è colui che usa la spada, ma è colui che usa la testa e la forza è nulla senza il controllo.. l'intelligenza aiuta il ragionamento di prevenire o affrontare una circostanza complessa, immediata e solo la lucidità aiuta a combatterla''

Victor era affascinato da quelle parole ma rispose ''Non riesco a capire..''

Exal ''vedrai che capirai, non si diventa maestri di un'arte solo ascoltando le parole, ma vivendo di esperienze ed esercitando la mente ed il corpo''

In quella stanza vi erano numerosi quadri di animali e tutti colorati, che con la loro gioia avevano accompagnato la vita dei loro padroni, che amavano ricordarli e farli ritrarre in dipinti colorati dall'armonia di quei tempi.

Appena lucido Victor si ricordò che doveva tornare in istituto e che tutti lo avrebbero cercato, allora salutò Exal e andò via correndo. Il mattino seguente il ragazzo uscito dalla scuola tornò al castello ed Exal raccontò la sua storia a Victor e aggiunse:''Pochi ricordi mi rimangono della mia vita e molti di essi sono presenti in questo castello raffigurati dai molteplici quadri presenti, compreso il volto dei miei genitori, che tanto mi hanno amato e che io ho tanto amato, ora sono contento di averti conosciuto era tanto che non avevo delle conversazioni con qualcuno''

Victor'' beh io in Istituto non ho tanti amici anzi per essere sinceri neanche uno''

I due divennero ben presto amici e Victor raccontò la sua storia a Exal, che fino ad ora nessuno aveva avuto il piacere di ascoltarla viste le poche amicizie che aveva il ragazzo. Da piccolo rimase orfano di genitori dispersi, a quanto raccontato a lui, dopo un viaggio in una terra lontana, quindi si ritrovò in un collegio di suore dove ancora oggi era ospite, dato che non aveva ancora la maggiore età.

Giorno dopo giorno Victor si recava al castello dove gli venivano insegnate le arti della spada e il codice che aveva accompagnato i grandi cavalieri non che i segreti del medioevo, mentre il ragazzo faceva capire a Exal come il mondo fosse cambiato e cosa c'era fuori nelle strade della città con modi di fare diversi.

Exal ''Ragazzo ricorda che la difesa è il migliore attacco, evita sempre ciò che altri vorrebbero... attaccare briga, quando non puoi evitare, difendi la tua pelle, colpisci forte e deciso di modo che l'avversario possa recepire il tuo messaggio, resta lucido nelle diverse situazioni poiché la troppa agitazione rende confusi nelle scelte da percorrere'' i due si allenavano insieme provando e riprovando con la spada e a mani nude, il sovrano del castello si stava affezionando a quel ragazzo come ad un figlio, e la storia triste che lo accompagnava aveva di simile alla sua, rafforzava il legame di protezione e riguardo che aveva nei suoi confronti.

Una sera di luna ben visibile Victor girò insonne nel castello mentre il suo amico era intento a riposarsi in giardino con una bella veduta di stelle luminose, oramai si può dire che lo conosceva come le sue tasche, in quanto insieme ad Exal lo aveva visitato in largo ed in lungo dalla cantina alla soffitta e proprio lì che il ragazzo si recò, illuminata da un grande lucernario si poteva osservare l'ossatura che la componeva, legno di Castagno, che con il passare del tempo aveva tenuto la fatica della struttura che compone il sottotetto.

La soffitta era piena di bauli grandi pesantissimi dove in alcuni la chiusura era garantita da un grande lucchetto oramai arrugginito dal passare del tempo, e proprio su uno di questi il ragazzo si concentrò, ''Voglio vedere se riesco ad aprire questo baule qui'' era il punto che veniva illuminato maggiormente dal fascio luminoso della luna che entrava dalla finestra, così armato di grande pazienza prese un arnese che trovò poco distante e lo usò per tentare di aprirlo, provò più di una volta prima di riuscirvi…''Stoc'' fece finalmente aprendosi.

Al suo interno vi erano mille cose posizionate alla male in peggio, segno di velocità attuata nel riporre il contenuto, una maglia di ferro, molti libri, un coltello, degli stivali, e un sacco nero.

La curiosità lo spinse ad aprire il sacco, dove poco vi era di interessante, calzettoni pesanti poco profumati, e la pagina staccata di un libro che prese la sua attenzione, nel testo antico vi era una illustrata la descrizione della casata dei Versus, grande famiglia nobile della Regina Victoria, era bellissima riportata in quei disegni dell'epoca, tanto quanto la sua dolcezza e generosità che trapelava dagli scritti che accompagnavano il disegno.

In un altro baule aperto vi era del vestiario confuso e disordinato, poco distante in un angolo della soffitta vi era una scatola di pietra pesante, al suo interno una grande chiave, adornata da disegni di spade che si ripetevano per tutta la struttura, affascinato, incuriosito prese la chiave e andò nella camera dove alloggiava, si addormentò pensando a cosa avrebbe potuto aprire con quella chiave.

Il giorno dopo i due si alzarono presto e il ragazzo con fare svelto e pieno di energia si rivolse a Exal ''Devo dirti una cosa, ieri sera sono stato in soffitta, non riuscivo a dormire, così ho guardato qua e là, e ho trovato in un contenitore di pietra questa chiave, scusami non volevo ficcare il naso in cose che non mi riguardano ma la curiosità ha preso il sopravvento ''Exal'' Non preoccuparti tutti siamo stati ragazzi, fammi vedere'' la guardò attentamente poi disse: ''Beh sai queste spade raffigurate sono in realtà la stessa spada che si ripete, e se non sbaglio mi sembra quella della leggenda, la spada nella roccia, ai tempi del grande Re Artù e di Mago Merlino il grande maestro che si dice abbia avuto come sua allieva la Maga Roxana figlia dell' Arciduchessa Magou, ma al riguardo non so altro sinceramente oltre alla leggenda che narra i grandi poteri del Mago da tutti definito buono e altruista che ha sempre fatto della sua vita un libro infinito su cui studiare nuove scoperte per il bene della storia e degli uomini''.

Victor ''Beh la chiave comunque rimane un elemento interessante'' i due aiutati dalle giornate libere per via delle vacanze di Natale cercarono per il Castello elementi che potessero aiutare la loro ricerca, mentre Exal cercava nelle stanze passando di muro in muro, il ragazzo cercava di leggere qualcosa dai numerosi libri presenti nei bauli, ed in uno di questi trovò una scritta interessante IL PASSAGGIO CON LA CHIAVE DELLA SPADA PORTA AL PASSO PASSATO, DOVE NACQUE LA MAGIA NULLA

SARA' SETACCIATO, MA SE SARAI FORTUNATO LA'
TROVERAI IL PASSAGGIO. Il ragazzo andò da Exal
e i due cominciarono a ragionare su ''Il
passaggio si apre con la chiave della spada, si
ma quale passaggio?'' Exal ''Che porta al passo
passato... a quello che già accaduto? Può
essere bah, dove inizio la magia nulla sarà
setacciato quindi bisogna cercare li, il
passaggio'' Victor ''Si ma cosa bisogna
cercare?'' Exal ''Non lo so, non ne sono certo
ma ora la cosa inizia a incuriosirmi, sarà che con
il passare del tempo non ho mai letto nulla ma
ho sempre fatto passare le giornate in altro
modo pensando che non ci fosse nessun rimedio
alla mia maledizione ed ora forse c'è uno
spiraglio, voglio andare fino in fondo!! E tutto
grazie a te..'' Victor ''Si ma la casa dove ebbe
inizio la magia qual è dove si trova?'' Exal
''facendo un breve ragionamento, se è vero
che Merlino fu il maestro della Maga Roxana, ed
ella se non ricordo male risiedeva nella foresta
adiacente le mura del castello, circondata da

grandi pini, dovrebbe trovarsi non lontano da li quella struttura''.

I due uscirono dalle porte del Castello, attraversarono i giardini per poi arrivare nella foresta, ancora parte della proprietà quindi abbastanza intatta negli anni, arrivati nei pressi dei grandi Pini, dove era situata la piccola torretta non vedevano nulla, Exal '' Non vi è più nulla, forse la torretta è caduta ed e' stata ricoperta di detriti od altro, forse e' meglio rassegnarci, anche perché scavare alla cieca non è una cosa facile'' Victor ''Ho avuto un' idea, la torretta non era composta di ferro?' Exal ''beh nella parte del tetto ci sono dei rinforzi di ferro credo'' Victor ''Allora siamo a cavallo, non nel senso della parola, va beh lascia stare, comunque abbiamo risolto per fortuna ai tempi di oggi qualcosa in più si è inventato, su internet tempo fa ho comprato un piccolo metal detector, ce l'ho nel bauletto dietro alla bici, il suo funzionamento è semplice, questo strumento invia un segnale radio che si propaga nel terreno, se trova qualcosa che è fatto di ferro, rame, argento o oro, il segnale radio torna indietro facendo suonare l'apparecchio''.

Exal ''beh si molto interessante ma cos'è un segnale radio?'' Victor ''facciamo così è uno strumento della magia moderna andiamolo a prendere''.

Entusiasti tornarono indietro e presero il metal detector, tornati al posto stabilito cominciarono a perlustrare il terreno avanti e dietro (spazzolare in gergo tecnico) fino a quando lo strumento cominciò ad emettere un suono forte e costante, a quel punto i due cominciarono a scavare pochi centimetri trovarono una tegola ed un buco che faceva accedere alla torretta interrata.

Calarono una corda ed entrano dentro la torretta, era buio ma la luce del sole entrata dalla fessura permetteva una buona visuale, cominciarono a cercare qualcosa che potesse essere utile alla ricerca e alla soluzione dell'enigma.

Sotto il pavimento le parti di legno erano staccate e si intravedeva una struttura di ferro grande dotata di una serratura con una spada intorno, inserirono la chiave e girarono per aprire, un forte rumore fu la conferma dell'apertura della struttura, all'interno vi era un grosso libro magico, nella copertina spessa di pelle erano in rialzo disegnate storie che ritraevano la spada e una luce.

Il grande libro spiegava gli incantesimi che aprivano un varco verso il passato, permettendo di ripetere la propria vita o parte di essa, di modo da aver una seconda chance, Exal non credeva a quello che leggeva era contento, eccitato, voglioso di aprire il varco ma avrebbero dovuto capire come fare, quindi decisero di tornare al Castello per leggere meglio il libro.

Mentre tornavano un fumo da lontano si alzava nel cielo, Victor ''il Castello va a fuoco'' si misero a correre per arrivare più in fretta possibile, si trovarono davanti una parte del castello in fiamme, subito Exal andò nella cantina dove vi erano numerosi barili di vino, e acque sporche del giardino, prese diversi secchi di acqua e cominciò quanto possibile a spegnere le fiamme, mentre Victor raccolse da prima un quadro che ritraeva i genitori di Exal ma gli scivolò il grande libro giù per le scale della grande sala d'entrata, allora fece per riprenderlo ma una trave cadde dal soffitto e lo colpì in pieno, il dolore era tanto fino a quando il suo amico riuscì a sollevare l'ostacolo portandolo fuori dal Castello.

Oramai la parte sud del Castello era in fiamme, nulla si poteva fare, Exal si accasciò sulla terra vicino distrutto dal dolore, e proprio in quel momento si sentirono dei ragazzi urlare ''Ora avete capito con chi avete a che fare, e non ti salverà nessuno stavolta Victor'' erano stati loro ad appiccare l'incendio.

Victor cambiò espressione del viso si fece coraggio raccolse un pezzo di trave di legno e con molta calma andò verso di loro ''Ora vi faccio vedere io una volta per tutte che non bisogna dare fastidio alla brava gente perché poi può essere più cattiva di voi per difendersi, il primo che si avvicinò lo colpì in fronte facendolo cadere di colpo, gli altri rimasero distanti, ma dietro di loro si avvicinò Exal che fino a quel momento non era stato visto, lui si deformò il viso con le mani e afferrò i due da dietro, non appena si girarono si impaurirono talmente tanto che gli vennero i capelli bianchi, fuggirono senza neanche raccogliere il loro amico caduto, che si riprese poco dopo e trovandosi solo davanti a quella scena disastrosa, piangendo chiese scusa a Victor e aiutò a spegnere per quanto possibile le fiamme.

Il giorno dopo una parte del Castello era sparita ma per fortuna un'altra metà era ancora intatta. Nel riguardare i quadri salvati Exal provava un forte dolore, ad un tratto si sentì strano e si illuminò, Victor ''cosa succede?'' Exal ''non lo so mi sento strano'' illuminato dalla luce divenne sempre più chiaro e prima di sparire del tutto trovò delle veloci parole ''Me ne sto andando forse il mio tempo è finito è arrivata l'ora di andare per me, anche senza libro distrutto dalle fiamme, rimpiango solo non esser potuto tornare indietro per cambiare molte cose della mia famiglia e le scelte che hanno portato a questo, ma sono contento di averti conosciuto, sono orgoglioso di te e se avessi avuto un figlio mi sarebbe piaciuto fosse stato come te, studia perché come mi hai dimostrato il mondo va sempre avanti nel bene o nel male, e bisogna esserne consapevole e starne al passo. La famiglia è una cosa molto importante nessuno meglio di essa può capirti veramente e volerti molto bene, io sarò sempre con te per aiutarti, e sono sicuro che diventerai molto più bravo di me, lo hai già dimostrato, svanendo sfiorò la mano di Victor che in lacrime fece per abbracciare quella persona che poteva essere il padre che tanto aveva desiderato e che non aveva mai avuto. Exal scomparve e sul dipinto di famiglia che aveva salvato il ragazzo comparve anche Exal.

Il ragazzo andò via e tornò alla vita del collegio fino a quando un giorno osservando il dipinto dietro vi era una parte strappata che faceva intravedere un foglio, tirò fuori quel vecchio pezzo di carta e su di esso vi era scritto ''Lascio questo scritto per mia volontà, al mio più amato discendente che si chiamerà Victor I, figlio di una dinastia di grandi condottieri lascio tutti i miei averi custoditi nel pavimento sotto il mio letto, compreso il Castello di Famiglia, firmato Exal I figlio di Re Arnold''

Così Victor appena raggiunta la maggiore età divenne proprietario di tutto e con il forziere nascosto sotto il pavimento della stanza di Exal restaurò il Castello che tornò finalmente allo splendore di un tempo. Nel paese era l'unica costruzione antica che emanava la sua grandezza come se fosse stata appena costruita, i giardini erano in fiore, la foresta adiacente emanava l'ossigeno di un tempo, anche la vecchia torretta della maga Roxana era tornata su, tutto era al suo posto.

Gli anni passavano e Victor conobbe una ragazza, che proprio estranea non era infatti andava nella stessa scuola precisamente alla classe accanto la sua, ma che lui non aveva mai avuto il coraggio di fermare un pò per vergogna e anche perché con le donne non aveva mai avuto tanto coraggio, ma che ora dopo tanto tempo la timidezza era tramutata in audacia verso il mondo, la ragazza tanto dolce si chiamava Laiana alta e bionda, i due si frequentarono per diverso tempo fino a diventare una coppia di fatto.

Un giorno mentre Victor era nella piccola foresta del castello intento a tagliare un po' di legname, sentì un grido, era Laiana che aveva avuto un malore, di corsa la portò in ospedale dove venne visitata scoprirono così che la ragazza era incinta.

I malori si ripeterono diverse volte fino a quando un giorno dopo una visita il medico disse alla coppia che la gravidanza era a rischio, il bimbo anche se sarebbe riuscito a nascere prematuro non ce l'avrebbe fatta e c'erano grossi rischi anche per la mamma che purtroppo dalle analisi aveva dei valori troppo bassi per affrontare il parto prematuro.

Victor era dispiaciuto e agitato per la situazione spesso pensava ad Exal come avrebbe reagito se si sarebbe trovato nei suoi panni, ma questa era una di quelle cose che capitano e per quanto si possa reagire è il destino a decidere, così uscì verso il boschetto per fare dei lavori all'aperto e cercare di non pensare mentre Laiana era sdraiata nel suo lettone per riposare un po'.

I due avevano una domestica che aiutava loro nelle faccende di casa e anche per sostenere la signora in dolce attesa, mentre per i lavori avevano assunto i servigi di un signore di mezza età che era rimasto senza lavoro.

D'altronde gli affari andavano bene, c'era un grande raccolto e del buon vino che vantava la casata, per non parlare dei numerosi averi trovati nascosti qua e là che a saperlo la vecchia Duchessa o le suore ex proprietarie della terra avrebbero sicuramente gioito, ma che per lo stesso destino che ha sviluppato la storia non ha fatto trovar loro alcuna ricchezza.

Victor svegliato presto si mise nella sala dei dipinti dove aveva alloggiato anche il grande quadro con Exal ricavando una protezione contro danneggiamenti improvvisi, era solito mettersi seduto su una bella poltrona grande e comoda ad osservare tutte le cose antiche compresi dipinti e quadri che la stanza studio ne era piena, pensando e ripensando si chiedeva come poter attenuare quell'angoscia provocata dalla notizia del dottore ''aiutatemi voi, aiutami Exal, non so proprio come fare, per favore vi prego''

Purtroppo nulla accadde, così tornò a tagliare la legna per distrarsi un po' dalla situazione, cercava di tagliare gli alberi più rovinati mantenendo quelli più sani e appena poteva ne piantava degli altri per non far disperdere mai la magia che solo la natura poteva dare a quel boschetto.

Laiana si era alzata un po' anch'ella per distrarsi, così per rendere quel tempo utile e costruttivo allo stesso tempo scese in una stanza adibita a magazzino dove gli operai avevano ammassato tutti gli scarti e avanzi di materiale servito per i lavori di ristrutturazione del Castello dove vi erano anche molte cose che non aveva mai visto, recipienti di paglia, strane bottiglie, e spostando del vestiario consumato quasi dissolto dal tempo, trovò anche un grande libro con delle spade disegnate, si era proprio il libro magico, sporco e un po' consumato in copertina dalle fiamme, ma intatto, era scampato a quell'inferno, ma ella non sapeva di che cosa si trattasse quindi lo ripose insieme alle altre cose e poco dopo uscì'' Victor ti preparo una bella tisana?

Victor ''si grazie sto andando a lavarmi e salgo subito anche io ''

Si susseguivano i giorni e il pancione era sempre più grande, Victor come sempre si trovava in giardino, ''Correte correte'' lo chiamò all'improvviso il custode tutto fare che sentì Laiana dolorante. La portarono di corsa insieme in ospedale, li i medici decisero di ricoverare la donna in quanto grave e avvertirono Victor delle numerose difficoltà, ribadendo i rischi di perderli entrambi, finito il colloquio tornò a casa lasciando Laiana in ospedale per la notte.

La mattina seguente si recò nel boschetto come di consueto, decise di entrare nella vecchia torretta, e lì consapevole di cosa stesse per chiedere disse ''Aiutami ti prego, so che puoi farlo, so che dovrò pagare pegno, ma ti prego aiutami '' nessuno rispose così deciso cercò tra le molte cose all'interno ''ci sarà qualche altra cosa non è possibile che io abbia già trovato tutto'' così in quelle scatole vi erano diverse boccette colorate, una di colore verdastro e le altre di colore rosso, mentre poco più in là una scatolina di ferro con su scritto.. omnia in memoriam eius, in memoria di colei che tutto può.. aprì la scatola ma nel suo interno vi erano solo ceneri così la buttò verso terra quando sentì un rumore ''tlin'' era qualcosa che era caduto? O forse qualche cosa che era contenuto nella scatola coperto dalle ceneri, osservò a terra e vide un grande anello d'oro con una pietra verde incastonata, la voglia di provare l'anello fu tanta da farlo quasi immediatamente, appena infilato si sentì strano, e udì una voce ''Porta l'anello alla tua amata e ciò che desideri si esaudirà ma ciò che temerai sarà reale, ricorda la magia ha sempre un pegno da pagare, la tua vita sarà intensa ma breve e l'erede vagherà per l'eternità'' dietro a lui c'era una luce che illuminava un vecchio mantello che prese vita e forma, di una vecchia signora, la stessa che pronunciava quelle parole, Victor ''sei la maga??''

Roxana ''si in molti mi chiamano così ,sei stato prescelto per liberare Exal dall'incantesimo ma ora hai bisogno anche te di qualcosa, che però ti porterà nella stessa situazione, e l'unica salvezza è trovare il prescelto che libererà tutti noi, e che riporterà il passato al presente e il presente allo splendore del passato, cambiando la storia ma non i personaggi, facendo grande la casata degli Anister di cui anche te fai parte fin dal primo giorno che sei nato'' Victor rimase incantato da quelle parole che per un attimo lo avevano fatto andare via con la mente da quella realtà strana di cui era protagonista, la maga aggiunse ''I tuoi avi ti sono riconoscenti per quello che hai fatto per rendere ancora oggi la loro storia narrabile, e il bene più grande questo Castello, prendi la pozione di colore verdastro falla bere alla tua amata di modo da dare forza ed energia sufficiente al piccolo, mentre lei sarà protetta dall'anello e vedrai che tutto andrà come deve andare, si forte ricorda che nessuno ti ha mai abbandonato e che il tuo destino lo stai costruendo te'' la luce svanì e il mantello animato si ripose sulla mensola dove era alloggiato prima.

Rassicurato dalle parole della Maga saltò fuori dalla torretta e andò verso il Castello si preparò e si recò all'ospedale dove fece alla lettera

quanto gli era stato detto e così divenne papà
di un bel bimbo che chiamò EXAL .

''Dedico questo libro a mio figlio Nicholas, mia figlia Giulia, mia moglie Katerina, e a tutta la mia famiglia, poiché essa è la cosa più importante della mia vita, mi da la carica per vivere tutti i giorni intensamente e al massimo''

''Ringrazio i miei amici Pietro e Matteo per le illustrazioni''

Walter Vergaro è nato a Roma il 01.08.1981. Iscritto al terzo anno del corso di Laurea in Scienze della Formazione.

Nel 2017 viene nominato s.Tenente Commissario nel Corpo v. della Croce Rossa Militare, sempre nello stesso anno diventa autore di due giochi da tavolo, che ha presentato alla fiera di Dusseldorf in Germania.

La passione per le storie fantastiche, e l'amore verso la natura coltivata sin dall'infanzia, è sfociata nella sua pubblicazione d'esordio.

Finito di stampare nel mese di Novembre 2018
per conto di Youcanprint *Self-Publishing*